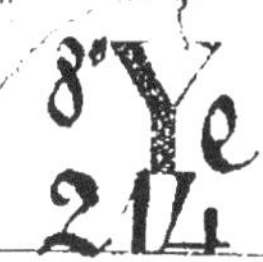

ISAURE DE MONTMIRAIL

UN JOUR D'AMOUR

PARIS

E. PLON ET Cie, IMPRIMEURS-ÉDITEURS

RUE GARANCIÈRE, 10

1882

ISAURE DE MONTMIRAIL

PARIS. — TYPOGRAPHIE DE E. PLON ET Cie, RUE GARANCIÈRE, 8.

ISAURE DE MONTMIRAIL

UN JOUR D'AMOUR

PARIS

E. PLON ET Cie, IMPRIMEURS-ÉDITEURS

RUE GARANCIÈRE, 10

1882

Encore un problème d'Amour!

Cette fois, c'est la légende qui se charge de le résoudre, la chaste, la douce légende qui s'inspire des souvenirs poétiques du passé et des beautés d'un pays pittoresque.

La brièveté d'un jour et les sentiments élevés des deux héros les protégent contre les entraînements de leur intime et mutuel abandon. N'est-ce pas d'ailleurs le propre du merveilleux légendaire de communiquer aux personnages des qualités idéales?

Le cadre des divers tableaux de ce poëme est la vallée du Rhône dans la partie la plus étendue et la plus variée. Isaure et son amant ont vécu sur les deux rives où l'historien et le voyageur peuvent se croire en pleine campagne romaine et sous le ciel de l'Attique ou de la Grande-Grèce. Chacun d'eux avait devant les yeux les Alpes, le Ventoux, Vaucluse, les Cévennes, les lignes du Dauphiné, du

Vivarais, de la Provence. Isaure, sans rien emprunter ni envier à Laure ou à Mireille, pouvait, des cimes de Montmirail, contempler les patries de ses devancières, Noves et Maillanne, placées aux confins du vaste et limpide horizon.

Puisse cette Isaure obtenir du lecteur l'accueil qui a consacré la gloire de Pétrarque et de Mistral !

Amphithéâtre d'Orange, 22 juillet 18...

ISAURE DE MONTMIRAIL

I

LA COUR D'AMOUR

Par delà les plaines d'Orange,
Par delà l'Ouvèze au flot pur,
On voit une montagne étrange
Dressant dans le céleste azur
Ses pics crénelés comme un mur [1].

C'est Montmirail ! sur ses collines,
Dans ses rochers boisés de pins,
Jadis les hordes sarrazines
Entassaient les riches butins
Enlevés aux colons latins.

[1] On les appelle *la Dentelle* ou *les Dentelles* de Montmirail, près Vaqueiras (Vaucluse). (*Mons Mirabilis.*)

Un jour l'empereur Charlemagne
Accourut avec ses barons :
« Assaut, dit-il, à la montagne,
« Et que ces mauresques larrons
« Jonchent la terre de leurs fronts ! »

Le lendemain, l'aube première
Montra le peuple mécréant
Occis et mordant la poussière :
Et le pays environnant
Prit nom d'Aubune et d'Aubignan.

Pour célébrer cette victoire,
L'Empereur érigea par vœu
L'église où l'on voit dans la gloire
La Vierge Mère et l'Enfant-Dieu,
Puissants maîtres de ce saint lieu [1]

Aujourd'hui le désert, quelques bêlements rares,
Sur ces plateaux touffus, sur ces versants brûlés,
Ont remplacé la foule et les cris des barbares ;
Tout est silencieux, ravins, pics dentelés.

Il reste au nord un pan de la tour sarrazine ;
Au sud, la ville longue et ses nombreux tombeaux

[1] Notre-Dame d'Aubune, célèbre et très-fréquentée encore aujourd'hui.

Celtiques et romains, maures et féodaux,
Car les chrétiens aussi sont là dans la ruine.

Vieille église des serfs, chapelle des seigneurs,
Sur leurs murs éboulés voient le figuier sauvage
Envahir lentement leurs voûtes et leurs chœurs ;
Pluie et vent conjurés achèvent le ravage.

Ainsi donc aux abords de ce mont, tour à tour
Les siècles ont laissé leurs diverses empreintes ;
Et c'est là qu'exhalait ses langoureuses plaintes
Raimbaud de Vaqueiras, le galant troubadour.

Mais pourquoi du passé viens-je évoquer la gloire ?
Il est sur Montmirail une récente histoire
Où les preux, chevaliers, trouvères, paladins,
Pourraient voir un reflet de leurs récits badins.

Chaque année, au temps où la terre
Revêt sa parure de fleurs,
Montmirail offre aux voyageurs
Ses bains d'une onde salutaire.

Un soir, par un temps calme advint un cavalier,
Au maintien simple et grave, au beau parler de France :
« Je viens, dit-il, chercher un toit hospitalier
« Sous le ciel bienfaisant de la chaude Provence. »

Les serviteurs tardant de venir, aussitôt
Une femme apparut sur le seuil du château :
C'était la vierge Isaure, Isaure au port de reine,
Aux épaules d'ivoire, aux longs cheveux d'ébène.

Son cœur, invulnérable aux flèches de l'amour,
S'ouvrait aux indigents : d'abondantes largesses
De ses mains en leurs mains s'écoulaient chaque jour ;
Mais les enfants surtout attiraient ses caresses.

Le soleil se couchait dans un nuage d'or,
Et ses derniers rayons, à travers les platanes,
Sur l'hôtesse semant leurs teintes diaphanes,
Semblaient se prolonger pour l'admirer encor.

« Bienvenu cavalier, dit-elle,
« De quel pays ? » — « Saint-Andéol. » —
« Ah ! le joli bourg Cévénol !
« Nous le voyons, de la Dentelle[1] :
« On y chante, on y fait des vers ;
« Nous en savons une ballade
« Qu'un soir de ces derniers hivers
« Quelqu'un nous dit en sérénade,
« *L'Ardèche.* » — Ému, déconcerté
Par tant de grâce et de beauté,

[1] Des cimes dentelées de Montmirail.

L'étranger se taisait. Mais en lui le poëte
Tressaillait de bonheur ; sa bouche était muette,
Car tout son cœur passait dans ses yeux attendris :
Il rencontrait un cœur dont il serait compris !
Enfin, par quelques mots empreints de gentillesse,
        Il salua la jeune hôtesse,
Et l'on se sépara, laissant au lendemain
Le soin de resserrer un si tendre lien.

La belle Isaure était l'âme de la contrée :
On sentait en son être une flamme sacrée
Qui rayonnait au loin et sur tout : dévouement,
Sciences, lettres, arts, modestie, engouement,
Intelligence et cœur, tout excellait en elle,
Sans amoindrir l'éclat de cette fleur si frêle
Qui révèle la vierge, et mêle à sa pudeur
Je ne sais quel parfum d'âpre et douce candeur.
Isaure avait sa foi, sa mission divine.
Rien ne l'en détournait. A vingt ans orpheline,
Maîtresse de son sort, maîtresse de ses biens,
Elle eût pu s'affranchir des vulgaires liens
Qu'impose le devoir d'une vie ignorée ;
Elle eût pu dans Paris, belle, riche, adorée,
Courir de fête en fête, et cueillir tout le jour
Les hommages flatteurs d'une brillante cour,

Des faveurs et des jeux accepter les caresses,
Savourer le parfum des mondaines ivresses,
Et, dans le tourbillon des folâtres désirs,
N'adopter d'autres lois que celles des plaisirs.

Mais un tel plan jamais n'effleura sa pensée.
Dans cette région inculte, délaissée,
Vivaient disséminés sous de pauvres abris
Quelques êtres humains maladifs, amaigris.
Isaure, promenant de chaumière en chaumière,
Se faisait toute à tous, mère, sœur, infirmière,
Providence visible, ange consolateur,
Au chevet du malade amenant le Pasteur.
Tantôt elle assemblait une troupe enfantine,
Pour lui rompre le pain de la sainte doctrine;
Tantôt seule, à travers les bois et les vallons,
Bravant l'ardent soleil, ou les froids aquilons,
Fouillant, comme un chasseur, les plus sombres retraites,
Elle allait découvrir les souffrances secrètes.
Alerte, elle portait au pauvre l'aliment,
Au blessé le breuvage ou le chaud vêtement.
Aussi, dans tout malheur, la famille éplorée
Espérait, sachant bien n'être pas ignorée ;
Et dès que, sur son tertre, attentif, l'œil au guet,
Le chien de la maison de loin la distinguait,
Il accourait lécher cette main si connue,
Puis joyeux repartait signalant sa venue.

Isaure avait à peine apparu sur le seuil
Que tout était changé : plus de pleurs, plus de deuil ;
Tout souriait : la joie éclairait le front sombre ;
Propre et blanc le grabat s'illuminait dans l'ombre.
Telle était cette Isaure : être mystérieux,
Mais à tous bienfaisant et pour tous gracieux.

Or, quand venait le soir, dans le salon des fêtes
Chacun s'évertuait à divertir : chanteurs,
Pianistes, joueurs d'instruments, narrateurs ;
Isaure aimait surtout rencontrer des poëtes.
En ce riant climat, pays des troubadours,
L'art des vers n'a jamais interrompu son cours :
Mais parmi les diseurs, le jeune et nouvel hôte
Des applaudissements tenait la palme haute.
Dans ses chants, tour à tour provençaux et français,
Il restait sans rival, toujours roi du succès.
Isaure voyait tout : elle en était heureuse :
Les vers du Cévénol chantant la foi, l'honneur,
Répondaient aux élans généreux de son cœur :
Sans s'en douter, Isaure allait être amoureuse.

Un soir donc elle entra dans la lice. Le choix
  Qu'elle accusait en énonçant la pièce,
Incompris de la foule, allait droit à l'adresse
Du jeune Cévénol. Pour la seconde fois

Elle lui rappelait la ballade chérie,
L'Ardèche, — pensant bien qu'il en était l'auteur.
Lorsqu'elle se leva, toute la galerie
En frisson l'accueillit d'un murmure flatteur :

Le jour s'enfuit : les monts de la Lozère
A l'occident s'ouvrent comme un cratère
Pour engloutir l'astre éclatant des cieux.
La brise est fraîche,
Et sur l'Ardèche
Ma rame bat le flot silencieux.

Tout est muet ; la fleur pend sur sa tige,
L'insecte dort : l'oiseau des nuits voltige :
Le courlis seul, sifflant aux environs,
Fait sentinelle,
Et ma nacelle
Mêle à son cri l'accord des avirons.

Qui sort là-bas de la verte charmille,
En longs cheveux, en robe qui scintille ?
Est-ce une fée ? un sylphe ? ou de ce bord
Est-ce la reine,
Qui se promène
Et vient fouler le sable tiède encor ?

— « O batelier, si le temps ne te presse,
« De ton esquif ralentis la vitesse :
« Veux-tu me rendre au rivage voisin ? »
— Elle s'avance.
« Vogue en cadence,
« Vogue, ma barque, où t'indique sa main. »

— « Montez sans crainte, aimable jouvencelle. »
Elle s'assied : moins prompte est l'hirondelle,
Et moins agile en ses prestes élans
La lavandière
Sur la rivière
Fuit du chasseur les regards vigilants.

Un voile vert couvre sa blanche épaule ;
Sa main effeuille une branche de saule :
Elle sourit, et son bel œil rêveur,
Penché sur l'onde
Bleue et profonde,
Suit le sillon tracé par chaque fleur.

J'allais déjà toucher à l'autre rive.
— « Vogue plus loin », me dit-elle pensive.
Et son regard s'éloignait à regret
Du paysage
Sombre, sauvage,
Que notre nef en glissant effleurait.

Qui donc es-tu, me disais-je, étrangère,
Pour te risquer en ce val solitaire [1] ?
Quel sort t'amène en ces âpres ravins ?
Frêle et timide,
Quel bras te guide ?
De ces déserts qui t'apprend les chemins ?

Et j'approchais encor de l'autre rive :
— « Vogue plus loin, reprit-elle pensive;
« Vogue ; le soir sème sur les forêts
« Son reflet tendre ;
« J'aime à descendre
« Ces flots remplis de murmures secrets.

« J'aime ces monts suspendus sur nos têtes,
« Ces pics abrupts dont les sublimes crêtes
« Sur le ciel bleu découpent leur feston.
« La nuit commence :
« Du ciel immense
« L'ange étoilé plane sur l'horizon.

« Laisse ta rame : écoute la nature :
« Vers nous s'avance un frémissant murmure ;
« D'un gué lointain c'est le gazouillement.
« Le vent s'élève,
« Et sur la grève
« Les peupliers chuchotent doucement. »

[1] L'Ardèche à Salavas, Pracoutier et embouchure d'Ibie.

Elle parlait : mon âme était captive :
Je contemplais l'aspect de chaque rive ;
De ces rochers j'admirais le chaos :
Un d'eux s'élance
En voûte immense,
Et forme un pont réfléchi par les eaux [1]

Ainsi portés par les courants rapides,
Nous côtoyons ces falaises arides :
On les prendrait pour un peuple géant ;
Dans l'ombre épaisse,
Leur corps se dresse
Comme un fantôme au banquet d'Ossian.

Ce tableau fuit : un autre le remplace.
Si de la lune un rayon tombe et passe,
On aperçoit les murs des Templiers [2] ;
Dans la ruine
Qui nous domine
J'entends encor le chant des chevaliers.

« Vois-tu plus loin, reprit la jouvencelle,
« Ce noir château, ces débris de tourelle [3] ?
« Là demeurait une reine jadis :

[1] Le pont d'Arc.
[2] Léproserie de la Madeleine.
[3] Château de dona Vierna.

« J'en sais l'histoire,
« Et sa mémoire
« Est chère encore aux pêcheurs du pays :

« Un roi de France aimait une princesse ;
Chaste et pieux, respectant sa jeunesse,
Il ne voulut la garder à la cour :
« Va, dit le prince,
« Une province
« Sera, du moins, le prix de mon amour. »

« Elle régna sur cette humble contrée :
Vallon devint sa terre préférée,
Sampzon, Pradon, étaient ses deux manoirs ;
Et sans compagne,
Dans la montagne,
Un cheval blanc la portait tous les soirs.

« Pour déguiser les pas de sa monture,
Elle en tournait à rebours la ferrure [1].
Or, chaque jour, au lever du matin,
Sous la faîtière
De leur chaumière,
Les paysans trouvaient un large pain.

« On dit qu'après une stérile pêche,
Un mendiant dormait près de l'Ardèche.

[1] La Piàdo, dans le bois des Jayàndo.

Elle approcha : sans troubler son sommeil,
Jeta la nasse,
Et la besace,
Vide le soir, fut pleine à son réveil.

« Comme elle aimait voir du haut des Cévennes
Le Rhône épars dans les fertiles plaines,
Elle bâtit une église en ce lieu.
Là, solitaire,
Dans la prière,
Elle élevait sa belle âme vers Dieu.

« Par l'âge, enfin, se sentant affaiblie,
Elle assembla ses gens : « Je vous supplie
« De me porter une dernière fois
« Aux bords du Rhône,
« Et pour aumône
« Vous recevrez mes châteaux et mes bois. »

— « Mais les ingrats de rire : ils la raillèrent.
Deux étrangers, par pitié, l'emportèrent ;
Au haut des monts, elle leur dit : « Merci,
« Amis ; sans doute,
« De votre route
« Vous déviez, pour m'apporter ici. »

— « Nous retournons à la ville voisine.
« Ce grand clocher, là-bas, sous la colline,

« C'est notre bourg. » — « Je lui donne mes bois [1]. »
Et rendant l'âme,
La bonne dame,
Les yeux au ciel, fit un signe de croix. »

O souvenirs des choses séculaires !
Reflets d'un temps entouré de mystères ;
Contes naïfs, vieux chants du Vivarais ;
Rondes aimables,
Légendes, fables,
Tout le passé se cache sous vos traits !

En écoutant ce récit plein de charmes,
Dans ses beaux yeux, je vis briller deux larmes
....Mais, vainement, nous suivions les détours
Du flot paisible ;
L'heure insensible
De cette nuit semblait hâter le cours.

Déjà l'aurore au loin sur la falaise ;
Voici déjà la haute tour d'Ayguèze :
Elle a sonné l'*Angelus* du matin :
— « L'heure est venue,
« Dit l'inconnue ;
« Cette fois, vogue au rivage voisin. »

[1] Le bourg et les bois du Lôou. (Voir aux Archives la charte de donation.)

Son pied à peine avait quitté la poupe,
Qu'un cheval blanc l'emporta sur sa croupe ;
Je reconnus la dame du manoir [1].....
Cesse, ô mon rêve ;
Le jour se lève :
Rentrons au port : ma nacelle, au revoir.

Oh ! que la femme est belle, étant modeste et pure !
Isaure commença posément. Sa lecture,
Simple mais expressive, augmentait sa beauté.
Chacun à part trouvait des traits de ressemblance
Entre elle et Vierna l'héroïne [2] : bonté,
Délicatesse, foi, virginale innocence.
D'abord l'on applaudit, puis l'admiration
En grandissant se tut. Perdus d'émotion,
Tous pleuraient quand Isaure acheva le poëme.
Il se fit grand silence. Elle dut elle-même
L'interrompre. On la vit soudain se diriger
Vers le point où blotti se cachait l'étranger.
Et lui, que faisait-il ? En voyant tant de charmes,
Tant d'esprit, de talent, de jeunesse, de cœu
Interpréter son œuvre, il se sentait vainqueur,
Mais encor plus vaincu. Ses yeux fondaient en larmes.

[1] La dona Vierna.
[2] L'héroïne de la ballade. Voir plus loin, aux *Évocations*.

L'amour (c'était bien lui, le cruel !) l'étouffait,
Car cet amour jamais ne serait satisfait[1].
Tyran de l'homme, amour, despote impitoyable,
Au joug délicieux pourtant insupportable,
A la verge de fer qu'en baisant l'on reçoit,
Que n'a-t-on dit de toi, contre toi, mais... pour toi?

[1] Voir l'explication plus loin, aux *Souvenirs*.

II

LA NUIT DU SERMENT

Invité par Isaure à clore la séance,
Le cavalier d'abord se tint sur la défense,
Confus et prétendant que le plus beau conteur
Serait auprès d'Isaure un froid déclamateur.
Mais Isaure insistant : « Désir de châtelaine,
« Dit-il aux auditeurs, c'est volonté de reine.
« Je vais, pour obéir et pour m'exécuter,
« Dire la *Sainte-Baume.* » — Et chacun d'écouter :

Voyageur, qui t'amène aux rives de Provence,
Le long de ces golfes d'azur
Qu'effleure un vent léger, qu'éclaire un soleil pur?
Viens-tu voir ces ports [1] où la France
Entasse ses trésors et tient ses canons prêts
A faire la guerre ou la paix?

[1] Marseille et Toulon.

Non, dit le pèlerin, aux rives de Provence,
Le long de ces golfes d'azur
Qu'effleure un vent léger, qu'éclaire un soleil pur,
Je viens prier. — Le grand silence,
La grotte de la sainte et son divin rocher [1],
Voilà ce que je viens chercher.

Je viens dans ce désert qui vit la solitaire
Vivre d'amour et de douleurs ;
Je viens baiser le sol tout trempé de ses pleurs
Et tout vibrant de sa prière ;
Je viens gravir les monts où les cieux entr'ouverts
L'enivraient d'amoureux concerts.

Cette antique forêt qui projette son ombre
Aux flancs de ces rocs escarpés,
Cette falaise immense et ces pics découpés,
Cette caverne humide et sombre,
MAGDELEINE trente ans en a fait son séjour,
Ravie au ciel sept fois le jour.

C'est là que jour et nuit cette sœur de LAZARE,
Ivre de l'amour de JÉSUS,
Appelait cet époux qu'elle ne voyait plus.
C'est là que son cœur, comme un phare

[1] Le saint Pilon.

Dont les Séraphins même entretiendraient les feux,
Veillait brûlant et radieux.

Ah! que ne pouvez-vous nous dire, ô MAGDELEINE,
Et vos larmes et vos soupirs,
Les déchirants sanglots et les longs repentirs,
Que coûtent à l'âme chrétienne
L'égarement du cœur, les désirs criminels,
Un instant de plaisirs charnels?

Du moins, interrogeons tous ces coteaux arides,
Tous ces ravins noirs et profonds,
Ces arbres épineux, et ces abrupts vallons,
Où la sainte, errante et sans guides,
Prompte à tout expier, traînait ses pas tremblants,
Meurtrissait ses membres sanglants.

Les échos nous diront la lutte magnanime
D'une humble femme et de l'enfer :
Tout en fut le témoin, et tout dans ce désert
Parle de ce duel sublime;
Mais tout répète aussi l'*hosanna* glorieux
Du ciel trente ans victorieux.

Qu'il devait être beau, ce jour où la Provence,
Le long de ces golfes d'azur
Qu'effleure un vent léger, qu'éclaire un soleil pur,
Vit venir sur la mer immense

Un esquif dépourvu de voile et d'aviron,
Battu des flots, à l'abandon!

« Ce n'est pas un vaisseau de notre colonie,
« Disait le marchand phocéen;
« Qu'apportent-ils? » — « La croix d'un Juif nazaréen. »
— « D'où viennent-ils? » — « De Béthanie.
« Exil, pauvreté, mort, tout leur semble profit.
« Leur Dieu, disent-ils, leur suffit. »

Quel est ce Dieu nouveau, quel est ce Dieu barbare
Que la Grèce n'a point connu?
Ah! Marseille, en tes murs qu'il soit le bienvenu!
Ce Dieu, c'est l'ami de LAZARE,
L'hôte de MAGDELEINE et de MARTHE sa sœur,
Trois noms bientôt chers à ton cœur.

Dès qu'ils eurent foulé le sol de cette plage
Où Dieu préparait leurs tombeaux,
LAZARE, bénissant tous ces peuples nouveaux,
De la moisson fit le partage :
Le Rhône à MARTHE; à lui, la cité de la mer;
A MAGDELEINE, le désert.

Qu'elle est belle, l'épouse à cette heure suprême,
Où, brisant le dernier lien
Qui près de sa famille ajournait son hymen,
Elle dit à l'époux : Je t'aime,

Je n'aime que toi seul, je n'aime plus que toi,
Parle; ton désir est ma loi.

Telle est du Dieu JÉSUS l'ardente fiancée :
Elle est libre. — En cheveux épars,
Elle va, poursuivant de ses plaintifs regards [1]
Celui qui remplit sa pensée :
Comme un cerf altéré, loin des traits du chasseur,
Recherche l'onde et la fraîcheur.

« Quand pourrai-je le voir, Celui que je désire [2] ?
« Quand viendra-t-il, mon bien-aimé?
« Pour tout autre mon cœur à jamais est fermé;
« Son parfum me charme et m'attire.
« S'envolent les hivers, s'envolent les printemps :
« Mon bien-aimé, je vous attends. »

Ainsi parle Marie, autrefois pécheresse,
Triste jouet de sept démons,
Maintenant châtiant par les bois et les monts
Son corps nourri dans la mollesse :
Le jour, point d'aliments; point de sommeil, la nuit.
LUI seul l'occupe, toujours LUI.

Vainement de l'enfer les cohortes rebelles
Renouvelleront leurs assauts :
L'Archange [3] et ses neuf chœurs chassant ces vils troupeaux

[1] *Cantic. cantic.*
[2] *Ibid.*
[3] Apparition de saint Michel.

Prendront Marie entre leurs ailes ;
Comme Élie enlevé sur un globe de feu,
Ils la raviront devant Dieu.

Soyez donc oubliés, Palestine lointaine,
Magdala, champ de volupté ;
Lac de Génézareth, témoin de sa beauté ;
Vous ne verrez plus votre reine,
L'infranchissable mer la retient loin de vous :
Elle est à l'éternel Époux.

Désormais sa patrie est au pays de France,
Le long de ces golfes d'azur
Qu'effleure un vent léger, qu'éclaire un soleil pur,
Que baigne la mer de Provence.
Là près de son JÉSUS, à l'abri des autels,
Reposent ses restes mortels.

Mais sa présence encor remplit ces solitudes,
Comme un parfum mystérieux
De suave tristesse et de regrets pieux,
Qui loin des folles multitudes
Relève un front pécheur, ranime un cœur flétri,
Apaise, soulage, guérit.

Peuples, prosternez-vous devant l'humble relique ;
Jetez sur ce glorieux corps,
Pontifes, votre encens ; puissants rois, vos trésors ;

Qu'on lui dresse une basilique [1] ;
JÉSUS veut que la gloire illustre son pardon [2] :
Siècles, glorifiez son nom.

O tombe de ma sainte, ô précieuses cendres,
Front tout rayonnant de beauté
Où s'imprima le doigt d'un Dieu ressuscité [3],
Orbites de ces yeux si tendres
Qui sur les pieds d'un Dieu pleurèrent sans tarir,
Je vous ai vus..., je puis mourir!

Plusieurs des assistants venaient de la Provence.
Quelques-uns étaient nés sur ces golfes d'azur
Qu'effleure un vent léger, qu'éclaire un soleil pur.
Ils avaient visité la grotte. — Chaque stance
Évoquant le passé, ranimait à leurs yeux
Et la patrie absente et la foi des aïeux.
Au récit des tourments qu'en son long sacrifice
La sainte s'imposa pour calmer la justice
D'un Dieu dont elle avait senti l'immense amour,
Les cœurs étaient saisis : ils semblaient à leur tour
Brûler de ces ardeurs dont le contact embrase
Et communique aux sens les transports de l'extase :

[1] Saint-Maximin.
[2] MATTH., XXVI
[3] Le *noli me tangere*.

Le poëte conquit l'unanime faveur.
Mais Isaure surtout pensive, l'œil rêveur,
Demeurait absorbée interdite, muette;
Puis d'un air radieux contemplait le poëte,
Et cédait aux élans d'un invincible attrait
Dont son sein agité trahissait le secret
Enfin, ne pouvant plus subir tant de contrainte :
« — Gloire, s'écria-t-elle, à notre illustre sainte,
« Puisqu'elle a suscité l'auteur de tels accents! »
— « Gloire, reprit la foule en cris retentissants;
« A l'hôtesse, à l'auteur gloire aussi, gloire égale! »
Et tous les acclamaient en sortant de la salle.

Bientôt ils furent seuls, — émus, silencieux,
Immobiles d'abord, puis les yeux dans les yeux,
Puis les mains dans les mains; puis ce soupir suprême,
Qui, sans parler, dit tout, car il dit : Je vous aime.
La nuit était sereine. Un zéphyr vif et frais
Frémissait à travers les pins et les cyprès.
La lune dessinait sur la plaine d'Orange
Le Rhône et ses contours comme une longue frange
Bordant l'horizon noir d'un reflet argenté.
Les Cévennes au loin, et puis l'immensité!

O nuits de Montmirail! nuits tièdes, constellées,
Où l'on entend venir des monts et des vallées
Ces murmures légers, ces doux bruissements,
Semblables aux baisers des timides amants!
O nuits, qu'en promenant autrefois j'ai surprises
Chantant dans les gazons, chuchotant dans les brises!

— Aux êtres grands et forts le jour est réservé,
Sur les fiers, les puissants, le soleil est levé ! —
Mais pour l'humble brin d'herbe et pour l'insecte infime,
Si voisins du néant, si près du vaste abîme,
La vie, à peine éclose, hésite à s'affirmer ;
Invisibles, la nuit, ils osent dire « aimer ».
Nature vigilante, inépuisable, active,
J'aime incliner vers toi mon oreille attentive.
J'aime, surtout la nuit, ouïr tes frôlements,
Tes soupirs, tes cris d'aise et tes enfantements.
La nuit, Dieu m'apparaît plus grand, plus admirable,
Car mon oreille entend l'Être incommensurable
Et l'atome en travail que mon œil ne peut voir.
O nuit, ton voile cache un vaste réservoir,
Où fourmille en secret, où sourdement s'agite
Le germe, l'élément de tout ce qui palpite.
Et c'est dans ton repos morne, silencieux,
Que l'immense univers tourne sur ses essieux
Concerts de l'Empyrée, ineffable harmonie,
Vibrant sur ce parcours de la sphère infinie,
Parfois il m'a semblé que vos divins accents
Dans la profonde nuit parvenaient à mes sens.
Ces chœurs que vous formez sur la zone dernière
Sont-ils ceux de l'esprit ou ceux de la matière?
Je ne distingue point. Non — je veux ignorer
Pour quel prodige, ô Dieu, je dois vous adorer.
Mon corps cherche le jour et ses tons variables ;
Mais mon âme, aspirant aux choses immuables,

S'isole de la forme, et dans l'aveugle nuit
Saisit mieux l'idéal que son amour poursuit.
L'ombre est pleine d'amour. — L'homme, roi de la terre,
Pour ses tendres aveux recherche le mystère.

Aussi la nuit était si belle, et l'air si frais,
Si douces les senteurs des voisines forêts,
Qu'au dehors attiré par la brise odorante,
Le couple heureux sortit. — Poëte! heure enivrante!
Isaure est en tes mains : jeunesse, esprit, beauté.
Sois grand, sois fort, sois pur! — Tu vas être tenté :
Isaure t'appartient : sera-ce pour ta gloire?
Devrons-nous célébrer ta chute, ou ta victoire?
Cette nuit dans ses flancs contient tout l'avenir.
L'honneur, tu le chantais : il faut t'en souvenir.
Alertes, mais émus, par un sentier oblique
Ils atteignent bientôt la chapelle rustique.
C'est là que chaque jour de sa pieuse main
Isaure butinant la rose et le jasmin,
Compose une guirlande ou tresse une couronne
Dont elle orne l'autel de sa chère Madone.
— En ce moment l'airain d'un son plaintif et doux
Sonna minuit : « Tombons, dit Isaure, à genoux,
« Et que nos cœurs déjà confondus sur la terre
« S'unissent dans le ciel par la même prière. » —
L'*Angelus* de la nuit, alterné lentement,
Fut récité : pieux, heureux commencement!

Isaure eut un instant d'immobilité grave,
De fermeté pensive, — et puis d'un air suave
Se releva, prenant le bras de son ami :
« Je ne vous appartiens, dit-elle, qu'à demi.
« Sans doute de l'amour je suis une victime,
« La vôtre : et vous, la mienne. Eh bien, ma vie intime,
« Mes aspirations, mes sentiments, mon cœur,
« Jusqu'à cette heure ouverts au seul Dieu créateur,
« Pour la première fois se révèlent à l'homme,
« Et cet homme, c'est vous. — En face, je le nomme,
« Certaine qu'il ne peut abuser ni trahir;
« Je me confie à lui, même pour obéir :
« Qu'il commande. Il m'a plu par sa réserve austère :
« Je le juge, l'estime et l'aime comme un frère.
« Je veux un frère : — ami, voulez-vous une sœur? »
Ce mot fut dit avec une exquise douceur,
Où, sous l'aménité d'une franche noblesse,
Perçait le trait brûlant de sa vive tendresse :
« — Près de vous, reprit l'hôte, étranger jusqu'ici,
« Vous daignez me choisir entre tous, — me voici.

« Étoile de la nuit, Madone tutélaire,
Vous avez entendu ses paroles de feu;
Celle à qui tout mon être en secret voulait plaire
Vient de son propre amour faire l'ardent aveu.

« Isaure! Oh! oui, je t'aime. A ta première vue,
Tout mon corps frissonna de crainte et de plaisir;

Mon âme tressaillit sous ta parole émue,
Comme la feuille tremble au souffle du zéphyr.

« Qu'importe ici le nom à donner à la flamme
Qui tous deux nous dévore : amie, amante, sœur?
Nos cœurs sont confondus : mon âme est dans ton âme :
Nos bras entrelacés bravent tout ravisseur.

« Mais si j'admire en toi ce charme qui m'enchaîne,
Si j'aime ta fierté, ton sourire à la fois,
Tes épaules d'ivoire et tes cheveux d'ébène,
Tes yeux ardents d'azur et ta vibrante voix,

« Isaure, ne crains rien : — j'aime encor davantage
Ta céleste candeur, ta mâle chasteté,
Neige et lys, que jamais n'a pu flétrir l'orage,
Et dont le vif éclat rehausse ta beauté.

« Ne crains rien, ne crains rien, mon Isaure, ma belle.
Vierge, tu t'es livrée à mon cœur fraternel;
Je l'atteste en serment devant cette chapelle,
Vierge aussi mon cœur hait l'amour bas et charnel.

« La noble poésie en tous lieux m'accompagne;
Servir Dieu dans le pauvre est ma suprême loi;
Comme toi j'étais seul, orphelin comme toi;
Isaure tu seras désormais ma compagne.

« Tu viendras visiter mon pays, ma maison,
L'église au grand clocher, Tourno l'onde jumelle,

Le Rhône, les coteaux, et la haute tourelle
D'où l'on voit Montmirail festonner l'horizon.

« Nous irons, sous la lune éclairant la nuit noire,
De l'Ardèche explorer le vaste escarpement,
Et, chantant la ballade, évoquer la mémoire
De dona Vierna, de son royal amant.

« Oh ! qu'il tarde à venir, que mon cœur le réclame,
Le jour où je dirai : « De son pied virginal
« Elle a franchi ma porte interdite à la femme [1],
« Comme une fiancée entre au seuil nuptial ! »

« Et puis qu'adviendra-t-il? — Le ciel a pris la peine
D'indiquer notre sort à tous deux, en ce jour :
Tu disais : Vierna ; — moi, j'ai dit : Madeleine.
Nous aurons notre fête, un jour, jour sans retour!

« Le cloître nous prendra l'un et l'autre, en ce monde
Cherchant l'être parfait, — dans les êtres finis
Ne pouvant le trouver. — Et de la nuit profonde
Nous passerons au ciel à jamais réunis. »

Ils rentrèrent pensifs, murmurant des paroles
Que le vent seul saisit, qu'il recueille avec soin

[1] Voir l'explication aux *Souvenirs*.

Pour les dire aux échos, et les semer au loin
Comme ces fils de Vierge, informes banderoles!

Paroles que l'amour invente à tous moments
Pour plaire, pour charmer, pour unir en une âme
Les trésors des deux cœurs de l'homme et de la femme
Et consommer en Dieu leurs doux embrassements.

Et chacun regagna sa chambre solitaire.
Le lendemain, Isaure était seule au château,
Entourée, il est vrai, de la foule vulgaire,
Mais seule, n'ayant plus son ami, son Raimbaud.

Le poëte partit, s'éloignant avec peine
De ce cher Montmirail dont Isaure est la reine :
« En septembre », dit-il en lui baisant la main :
« Septembre », répétaient les échos du chemin.

III

CHEVAUCHÉE ET SOUVENIRS

Le printemps est bien loin, et l'été dans les granges
A déjà ramassé les foins et les moissons :
Le pâle automne accourt, activant les vendanges :
Chasseurs, sus au gibier ! Pêcheurs, aux hameçons !

Voici la saison des voyages,
Des visites, des rendez-vous !
C'est le temps des beaux paysages,
Des fraîches nuits, des soleils doux !

Demain vous partez, jouvencelle ;
Gens et chevaux, que tous soient prêts :
Avant l'aube il faut être en selle :
On vous attend en Vivarais.

Le lendemain, quand sur la plaine
Le jour sema ses rayons d'or,
Déjà la jeune châtelaine
Chevauchait au loin vers le nord.

Des piqueurs à riche livrée,
Tantôt dispersés et distants,
Tantôt en escorte serrée,
La suivaient, mantelets flottants.

En longue robe d'amazone,
Voile au vent et corsage étroit,
Isaure vers les bords du Rhône
Dirigeait son blanc palefroi.

On fit halte à Mornas, l'effroyable repaire
Où, semblable au vautour flairant le sang humain,
Le baron des Adrets déchirait dans son aire
Tout catholique pris les armes à la main.

L'eau du ciel a lavé ses falaises sanglantes.
Les donjons abattus, les murs démantelés,
Suspendus dans le vide en ruines croulantes,
N'offrent au voyageur que débris désolés.

Aussi cette montagne aride, morne et nue,
N'est plus pour la contrée un sombre épouvantail ;
Mais son sommet à pic se dressant dans la nue,
Subitement aux yeux dérobe Montmirail.

Au moment où la belle Isaure
Descendait de son destrier,
La main blanche d'un écuyer,

Que nul n'avait pu voir encore,
S'offrit pour servir d'étrier.

C'était le bien-aimé poëte
Qui, l'âme empressée, inquiète,
Sous l'aiguillon du vif amour,
Parti lui-même dès l'aurore,
Accourait au milieu du jour
Surprendre et chercher son Isaure.

Après un temps d'arrêt et le repas frugal,
On renvoya l'escorte ; et le couple, à cheval,
Désormais seul, entra dans ces nouvelles plaines
Où, bientôt choisissant le chemin le plus court,
Il put se rapprocher du Rhône et des Cévennes
Et par les bois du fleuve arriver sur le Bourg.

C'est dans ces défilés de verdure et d'ombrage
Que joyeux, chevauchant, l'heureux couple s'engage.
Ils laissent sur la droite et vers le fond lointain
Bollène, Montdragon, le pays tricastin.
Bientôt, à l'opposé vis-à-vis la Croisière,
Ils comptent les arceaux du fameux pont de pierre
Qui, des flots conjurés défiant les efforts,
A, depuis sept cents ans, réuni les deux bords [1].
A leurs yeux apparaît la vieille citadelle,
Et la ville et l'église et sa flèche nouvelle.

[1] Le pont Saint-Esprit (Gard et Vaucluse).

Ils passent le Lauzon roulant ses pâles eaux
Entre deux hauts talus hérissés de roseaux.
Ils sont à Balincour. — Ici le doux poëte,
L'œil humide, la voix sanglotante, s'arrête,
Et d'un geste montrant la vaste région
Qui s'étend jusqu'au Rhône en riche alluvion :

« Voici, dit-il, des lieux bien chers à ma mémoire,
Témoins de mon enfance et de ma sombre histoire.
Contournons ce château, ce parc et ce moulin ;
Plus au nord remontons le bief et le chemin.
Ce manoir, dont le toit à double girouette [1]
Au-dessus d'un massif dresse sa silhouette,
Fut un bien de famille où comme dans un nid
Ma grande parenté longtemps se réunit.
Là j'ai vu nos aïeux, nos aïeules câlines
Nous presser dans leurs bras, sur nos têtes mutines
Déposer cent baisers, et par jeux, par douceurs,
Corriger nos défauts et réformer nos cœurs.
Que de joyeux ébats, que de charmantes fêtes,
Quand venaient la vendange et les autres cueillettes !
Tout me parle, tout vient accroître mes regrets :
Entrons », ajouta-t-il, avisant deux cyprès
Qui, plantés sur les flancs d'un petit pont rustique,
Du canal au manoir ouvraient l'allée antique.
Isaure partageait sa vive émotion :
Leur joie était en fuite, et leur affection

[1] Le Mas des Barénques.

Tournait de part et d'autre à la même tristesse.
« Hélas ! un autre maître, une nouvelle hôtesse,
Disait-il, dans ces champs que les miens ont vendus !
Et les miens, où sont-ils ? dispersés ou perdus !
Et moi-même, je viens revoir cet héritage
Sans qu'un être vivant me salue au passage !
Étranger ! Inconnu ! » — Comme il disait ces mots,
Une meute de chiens, agitant leurs grelots,
Au poitrail des chevaux de la ferme s'élance,
Aboyant, menaçant, — puis soudain fait silence
C'est qu'un vieux dog, blotti contre un mur au soleil,
S'était mis à grogner, et, rompant son sommeil,
S'était levé, pesant, essoufflé, hors d'haleine,
S'efforçant de courir, mais se traînant à peine.
D'un cri rauque il chassa les jeunes aboyeurs ;
Puis, remuant la queue, ouvrant des yeux pleureurs,
Et se plaçant enfin par devant le poëte,
D'un regard fixe et doux, d'un branlement de tête,
Lui dit son souvenir et son constant amour.
L'ancien maître ne put résister. A son tour,
De larmes pleins les yeux, d'un bond il est à terre.
Il caresse son vieux camarade : il le serre,
Il le bat sur les flancs, il le chatouille au front,
Il lui donne ses mains à lécher : de son nom,
De son nom d'autrefois il l'appelle, il l'appelle ;
Et lui-même, prenant un ton qui le révèle,
Il se nomme du nom qu'on lui donnait enfant :
« Eh bien, déshérité, vous voilà triomphant,

Dit Isaure attendrie, elle aussi, jusqu'aux larmes.
Quel poëte que Dieu, mon cher ! avec quels charmes
Il sait nous ménager des surprises ! Quel art
Il met à tout nouer, laissant croire au hasard ! »
L'instant de se quitter allait être pénible :
Quel sort faire au vieux dog ? l'amener ? impossible.
Un seul parti restait pratique : l'acheter
Et le faire au plus tôt au Bourg même emporter.
Le marché fut conclu : les cavaliers partirent,
Le chien fit un élan ; ses forces le trahirent,
Il roula sur le sol, toujours tourné vers eux,
Tremblotant, gémissant, mais les suivant des yeux.

On reprit l'entretien : tout objet fut encore
Le motif d'un soupir : « Ah ! je crains, chère Isaure,
De vous importuner par chaque souvenir,
Et les plus douloureux ici vont revenir. »
— « Non, non, reprit la vierge, ici tout m'intéresse ;
Car votre âme s'y montre en sa fraîche jeunesse.
Restez vous-même, ami. C'est vous seul que je veux,
Que je suis, que je cherche : en vos moindres aveux
J'aime vous retrouver, vous saisir, vous connaître :
Je sens mon être en vous, en moi je sens votre être.
Plus j'avance en ce drame inconnu jusqu'ici,
Plus j'aime en écouter le tragique récit. »
— « Puisque vous l'ordonnez, indulgente amazone,
Je poursuis : Nous allons de nouveau voir le Rhône.

Et d'abord à nos pieds ce limpide ruisseau,
Bordé de peupliers, de saules en berceau,
Qui serpente à travers la plaine, et du caprice
Décrit tous les contours, c'était la Tamarisse,
Nom suave et sonore, et sans doute emprunté
A l'arbrisseau touffu dont son lit est planté,
Nom que j'ai bégayé presque dès ma naissance,
Qu'avec le même amour je redis dans l'absence.
O chère Tamarisse ! Où sont-ils, ces printemps,
Quand jaillissait la séve en bourgeons éclatants,
Semant le front des bois de ses vertes couronnes ?
Où sont ces chauds étés, et ces tièdes automnes,
Ces épis balancés par la brise du soir,
Ces pampres ruisselants sous le rouge pressoir,
Ces nuits calmes, ces cieux brillants de météores,
Ces perles de rosée et ces tendres aurores ?
Sans regret du passé, sans souci d'avenir,
Satisfait du présent que je croyais tenir,
Mes jours coulaient heureux. Les gazons des prairies,
Les bonds des blancs agneaux sortant des bergeries,
L'insecte butineur, les moulins de roseau
Par mon pâtre construits au détroit du ruisseau,
La mordelle argentée effleurant l'eau qui brille,
Le petit pont d'osier sous lequel ma flottille
Payait droit de transit pour le transport des grains
Qu'elle chargeait aux ports des golfes riverains,
Tout m'enchantait alors, tout remplissait mon âme
Des élans dont la vie allume en nous la flamme.

Hélas ! tous ces bonheurs dont je fus ébloui
Ont fui ! tout a changé ! tout s'est évanoui !
Vous allez en juger en poussant jusqu'au fleuve.
Voyez cette maison désemparée et veuve [1] ;
Là ma mère a passé dans les bras de la mort,
Et là tout se ressent des cruels coups du sort.
Tout y garde l'aspect d'une terre maudite :
Après le sombre deuil, un fléau la visite.
Sur nos jardins fleuris, si riants, si féconds,
Le Rhône débordé, de ses flots furibonds
Précipita le cours et porta le ravage.
Le sol fut effondré : ce n'est plus qu'un rivage
De ronces et de sable à jamais recouvert :
Les moissons ont fait place à l'aride désert.
Élevons vers le ciel notre âme désolée,
Chère Isaure ; pleurons et la joie envolée,
Et le bonheur absent, et ces biens dévastés ;
Dieu semble avoir creusé dans ces champs attristés
Comme un vaste tombeau, d'où l'ombre de ma mère
Erre encore et se plaint, implorant ma prière.
Isaure, à vous je dois retracer de sa fin
Les pénibles détails. — Au mois d'août, un matin,
Nous venions de quitter ce séjour de délices,
Nous emportions au Bourg les riantes prémices
Des beaux fruits de l'été. Sur un rustique char
Près de ma mère assis, je fouillais du regard

[1] Le domaine de La Baume, séparé des Barénques par la Tamarisse.

Tout ce qui m'entourait ; les champs, les bois, les granges.
Un insecte, un oiseau, papillons et mésanges,
Tout m'impressionnait. Dans l'élan du plaisir,
J'aurais voulu tout voir, tout suivre, tout saisir.
Notre route, en un point que vous allez connaître,
Longeait, en traversant un site fort champêtre,
Une source aux flots purs dont les bords en tout temps
Conservent la fraîcheur et les fleurs du printemps.
Un bouquet de jonquille excite mon envie :
On me descend du char, et ma mère, ravie
De contempler ma joie à cueillir cette fleur,
Se penche.... trop avant... — effroyable malheur ! —
Sous la roue elle tombe,... en un instant broyée !
Elle put cependant, gisante, foudroyée,
Me baiser, envoyer ses suprêmes adieux
A mon père.... hélas ! lui nous attendait joyeux !
Puis elle murmura sa plainte....., la dernière :
« Mon Dieu, pardon, pardon... » et je n'eus plus de mère. »
— « Oh ! prions, dit Isaure avec empressement,
Que Dieu daigne agréer notre gémissement
Pour ceux que vous et moi n'avons plus en ce monde. »
Et leur bouche alterna la prière féconde
Qui, franchissant l'espace, ouvre au delà du temps
Aux saints encor captifs l'air des cieux éclatants.

Ils marchèrent ainsi, tristes, l'âme oppressée,
Élevant vers le ciel leur pieuse pensée,

Lorsque, au bord du chemin, à l'ombre d'un grand bois,
Près d'une onde limpide, apparut une croix.
En voyant la clairière et la fatale source,
L'orphelin ralentit, puis suspendit sa course. —
« C'est là », s'écrie Isaure à qui l'instinct, le cœur
Font pressentir le lieu théâtre du malheur.
— « C'est bien là », reprit-il d'une voix éplorée.
Ils quittent leurs coursiers, vers la pierre sacrée
Ils tombent à genoux, pleurant. — Des bûcherons
Qui coupaient les taillis chantaient aux environs ;
Voyant ces inconnus et leur douleur immense,
Ils se turent. — Enfin le poëte en silence
Se relève, d'un geste il montre chaque objet,
Du passé vieux témoin immuable et muet ;
Ensuite, retrouvant la touffe de jonquille,
Il en cueille, et... tremblant.... l'offre à la jeune fille,
Puis suspend à la croix ce qui restait encor :
« Enfin, dit-il, je vais vous ouvrir mon trésor,
Je vais vous révéler le secret de ma vie,
Le motif de la loi que j'ai toujours suivie.

De tous nos grands liens, l'amour est le plus fort.
L'amour n'a pas de terme : il dépasse la mort.
Ce deuil, qui ravissait une mère à mon âme,
De mon seuil à jamais éloigna toute femme.
Pour moi la femme est morte à partir de ce jour,
Car la femme, c'était ma mère. — Mon amour,

Tout mon amour, quittant cette terre funeste,
Avec elle passa dans le monde céleste.
Pour elle j'ai pleuré, pour elle j'ai souffert,
Pour elle j'ai vécu dans mon foyer désert.
Voulant à Dieu payer sa redoutable dette,
J'ai pour elle expié dans ma longue retraite ;
Et tous les ans je viens devant ce monument
Chercher mes souvenirs, redire mon serment.
Sans doute ce serment n'est pas irrévocable ;
Ma piété l'impose et me le rend aimable.
Je puis donc le changer, je puis le supprimer :
La femme qu'autrefois je ne savais aimer,
Ne l'ayant rencontrée assez noble, assez belle,
Aujourd'hui Dieu me l'offre en tout digne de celle
Dont la perte longtemps vint assombrir mes jours.
Isaure, rien ne peut altérer nos amours :
Mais où nous mènent-ils ? Est-ce au plaisir vulgaire
Dont le voluptueux se repaît sur la terre ?
Est-ce même aux devoirs du foyer, de l'hymen
Si grand en Jésus-Christ, si sacré, si divin ?
Non, non, même ici-bas il est un autre monde
Plus élevé, plus grand, et sur lequel se fonde
L'inébranlable espoir d'un bonheur éternel ;
Ce monde, l'œil de l'homme animal et charnel
Ne saurait l'entrevoir. Gloire et reconnaissance
Au Dieu qui nous le montre en notre adolescence !
Ce monde, c'est l'amour en la virginité.
On l'appelle d'un nom nouveau, la charité.

Ce monde, c'est l'amour des esprits et des âmes,
L'amour pur, dégagé des sensuelles flammes ;
L'amour visant à Dieu toujours et d'un seul trait :
Cet état d'amour, c'est l'état le plus parfait ;
C'est l'état immolé, l'état de la victime
Constamment sur l'autel, et, dans son vol sublime,
Constamment transportée au sein même de Dieu.
Voilà les trois amours qu'en ce jour, en ce lieu,
A notre libre choix offre l'heure présente. »
— « L'un des deux derniers seuls répond à notre entente,
Dit Isaure, et nos cœurs savent qu'à Montmiral
Nous nous sommes promis un amour virginal.
O mémorable nuit ! O Madone ! O chapelle !
Vous fûtes nos témoins : je vous serai fidèle. »
— « Au pied de cette croix, oui, la main dans la main,
Nous le jurons encore », ajouta l'orphelin.

IV

L'HOSPITALITÉ. — LA PRIÈRE

Poursuivant vers le nord leur marche solitaire,
Ils longent Malijay, le mas de Frémigère [1],
Tantôt disparaissant dans l'ombre des fourrés,
Tantôt au clair soleil sur la mousse des prés
Décrivant au galop une courte parade,
Fredonnant un noël, disant une ballade,
L'un à l'autre s'ouvrant leurs désirs, leurs projets ;
Isaure interrogeant, et sur tous les sujets
Recevant aussitôt la réponse parfaite :
« Doux et riche trésor, amitié du poëte !
Disait-elle, Dieu seul peut nous la dispenser !
Royal festin, combien voudraient en ramasser
Les précieux fragments, les miettes sacrées,
Pour rendre le repos aux âmes ulcérées !
Seigneur, soyez béni d'orner mes jeunes ans
Non d'un cercle empressé de mondains courtisans
Amollissant le cœur par un zèle futile,
Mais des nobles liens d'une amitié virile

[1] Diverses localités pittoresques sur l'antique berge du Rhône.

En qui je trouve grâce, aimable intimité,
En même temps que force et magnanimité!
O poëte, oui, je t'aime! Oui, mon âme à ton âme
Demeure fiancée et vivra de ta flamme.
Je t'aime, car en toi l'homme frivole et vain
Ne paraît pas; en toi resplendit le divin.
Oh! parle, parle encore à mon âme ravie :
Dis-lui comment, jamais à l'impie asservie,
Ta foi n'a chancelé, comment les renégats
Ne t'ont jamais réduit à leur céder d'un pas.
Parle encore ou plutôt chante, verse des larmes,
Laisse ton cœur vibrer, en racontant les charmes
De ce pays natal aux replis montueux,
Aux vastes horizons, au fleuve impétueux. »

Alors du Vivarais montrant le paysage
Dont les traits plus précis bordaient l'autre rivage,
Le poëte saisit Isaure par la main :
« Nous touchons, chère amie, au terme du chemin :
Déjà vers le couchant l'astre du jour s'incline;
Dans un faible lointain j'aperçois la colline
Qui domine le Bourg : sur ses flancs irisés
Paraissent les tons verts de ses plateaux boisés.
Ici tout est riant : sur l'une et l'autre rive
Un spectacle nouveau chaque jour me captive.
De la plaine aux coteaux, des grèves aux forêts,
Sur les rocs dépouillés, sous les ombrages frais,

Promenant ma pensée attentive ou rêveuse,
Je vais, comme l'abeille alerte, industrieuse,
Recueillir les parfums, respirer les senteurs,
Butiner tous les sucs des idéales fleurs
Que sème autour de nous la dive poésie :
J'en compose mon miel, j'en fais cette ambroisie
D'où naît l'enthousiasme inspirant dans les vers
La suave harmonie ou les tonnants éclairs.
O sentiers qui courez sur les berges des îles,
Que de fois j'ai cherché le calme en vos abris!
Que de fois, m'éloignant du tumulte des villes,
Je hantai vos berceaux! — Quelquefois j'y surpris
Le jeune homme pressant dans sa main enlacée
La main de son épouse ou de sa fiancée.
Que de fois, dégoûté de ce monde pervers,
J'ai fouillé vos taillis silencieux, déserts,
Pour ne plus rencontrer ni l'homme, ni moi-même,
Et contempler Dieu seul en sa beauté suprême!
Tantôt je m'asseyais; — courbé sur le gazon,
J'étudiais de près la plante en floraison;
J'épiais un oiseau qui lui-même en vedette
Semblait me reprocher ma présence indiscrète;
J'écoutais les chansons des pâtres, des semeurs,
Les cloches des troupeaux, les lointaines rumeurs
Qui viennent du grand fleuve aux ondes murmurantes;
Ou bien je crayonnais ces teintes transparentes
Que le soleil répand dans le feuillage épais
Comme une poudre d'or sur les franges d'un dais

Tantôt je promenais composant le poëme
Où j'ai de cette vie agité le problème.
Je déclamais des vers d'*Athalie* ou du *Cid*.
En neumes je chantais les psaumes de David.
Puis lisant, méditant les sublimes paroles
D'un Dieu qui se révèle en simples paraboles
J'admirais, j'adorais ce Dieu se faisant chair,
Le juste, l'innocent pour le coupable offert.
Par lui l'Être éternel devenait accessible;
Par lui, moi pauvre, abject, j'avais un Dieu sensible,
Un Dieu corps comme moi, que je puis toucher, voir,
Suivre, entendre, imiter, sous mon toit recevoir;
Contempler soit enfant dans les bras de sa mère,
Soit pasteur ramenant la brebis téméraire,
Soit père ouvrant son sein au fils dissipateur,
Soit victime mourant pour son exécuteur.
Je le suivais marchant à travers la nature,
Soulageant, guérissant l'infime créature,
Relevant le petit, terrassant l'orgueilleux,
Au pauvre résigné montrant, ouvrant les cieux.
Je le voyais passant des villes aux campagnes,
Bénissant les moissons, gravissant les montagnes,
S'embarquant sur les flots; souffrant la soif, la faim;
Baignant de ses sueurs les travaux de sa main;
Partout calme, puissant, doux, simple d'attitude;
Enseignant les docteurs comme la multitude;
Répandant la lumière et dissipant la nuit;
Du regard, du contact attirant tout à lui;

Et des êtres créés, des hommes et des anges,
Du cèdre et de la fleur confondant les louanges,
Pour en faire un concert immense, universel,
Chant d'amour des enfants à leur père du ciel.

« Mais quand de ce Jésus, victime volontaire
Sur l'autel permanent prolongeant son calvaire,
Mon regard se portait vers l'homme passager,
Voyageur éphémère, hôte vain et léger,
Le plus souvent stérile ou laissant des ruines,
Avide de débauche, affamé de rapines;
Quand je considérais dans l'un la charité,
Dans l'autre l'égoïsme et la fatuité;
En l'un le dévouement, la douceur, la clémence,
En l'autre la roideur, l'orgueil, la violence;
Quand enfin je voyais les hommes les plus grands
Ne laisser après eux que des indifférents,
Sinon des ennemis déchirant leur mémoire;
Tandis que ce Jésus, rajeunissant sa gloire,
Et dans tout l'univers l'étendant chaque jour,
Reste, après deux mille ans, l'idole de l'amour,
Mon choix était fixé. Malgré tout son génie,
L'homme m'apparaissait un jouet d'ironie.
En face de Jésus cloué sur une croix,
Sauvant la vérité, relevant tous les droits,
Conquérant l'avenir par son supplice même,
L'homme n'est qu'un rêveur variant de système,

Un jour fort applaudi, hué le jour suivant,
Et le troisième jour, loin de surgir vivant
Pour régner à jamais par le culte qu'il fonde,
L'homme mort reste mort... et disparaît du monde,
Comme ces feux follets qu'emporte un coup de vent! »

En ce moment parut sur la rive opposée,
Par les feux d'un ciel d'or et de pourpre embrasée,
Saint-Andéol le joli bourg,
Se mirant dans le fleuve, étalant en façade
Ses maisons, ses couvents, ses quais, sa promenade,
Sa haute et magnifique tour.

Isaure s'arrêta charmée et stupéfaite :
Et vraiment cette ville à l'allure coquette
Joint l'aspect grave et sérieux.
De l'ordre, du travail elle porte l'empreinte;
Elle est du Vivarais encor la cité sainte :
Elle en a l'air calme et pieux.

Oh! quel spectacle grandiose
S'offre au voyageur, sur ce pont
D'où l'œil en aval, en amont,
Sans borne au loin dans l'horizon
Plonge, contemple et se repose!

Le poëte indiquait dans ce vaste tableau
Les splendides détails dont la vue est ravie.

Soudain montrant à l'est un champ au bord de l'eau[1] :
« Là, dit-il, Andéol pour Dieu donna sa vie.

« Par l'ordre et sous les yeux de Sévère empereur
Le saint fut enchaîné sur une énorme pierre
Et jeté dans les flots : mais le fleuve en fureur,
Brisant le fer, rendit le corps à la lumière.

« Sur la grève où s'élève aujourd'hui la cité
Longtemps il demeura resplendissant de gloire,
Des chiens et des vautours jour et nuit respecté,
Rajeuni par la mort qui faisait sa victoire.

« Voyez-vous sur le port ce balcon, ce long toit[2],
Ce pignon qui dénote une maison ancienne ?
C'était une villa de famille païenne
Par l'apôtre en secret convertie à la foi.

« Tullia l'habitait : généreuse, opulente,
Fière d'un tel trophée, elle alla le cueillir,
Et pour mieux dérober la relique sanglante
Dans un tombeau d'enfant la fit ensevelir

« Cette villa devint la primitive Église.
Profanée et vendue après dix-sept cents ans,
J'ai pu la rendre au Christ. A Jésus reconquise,
Plus belle elle renaît des injures du temps.

[1] La ferme du Radelier, rive gauche.
[2] Ancienne église Saint-Polycarpe.

« Nous irons visiter la crypte souterraine
Et le riche tombeau d'antique marbre blanc :
Nous prierons le martyr et la sainte romaine
D'allumer en nos cœurs l'amour pur et brûlant.

« Et maintenant entrons en ma ville chérie. »
— Isaure ne pouvait s'arracher aux douceurs
De ces beaux horizons, de cette causerie,
De ces grands souvenirs, de ces aspects charmeurs.

La maison du poëte était à vaste porte [1],
A gros marteau de bronze. A l'entrée, une cour;
Un puits avec poulie et chaîne à maille forte;
Un cloître à vieux arceaux en couvrait le contour.

Ils trouvèrent tout prêt : les chambres, le bagage.
Un courrier de Mornas les avait devancés.
Chacun va déposer son surtout de voyage,
Et bientôt au salon ils rentrent empressés.

Le dîner fut servi dans la salle des fresques.
Sur les murs décorés se suivaient les tableaux
Des sites merveilleux, des aspects les plus beaux
Qu'offre ce pays plein d'accidents pittoresques.

On y voyait Dions, le Mithras, Saint-Montan,
Tourne, la Madeleine, et l'immense falaise

[1] L'ancien hôtel Ramière.

Qui sur l'Ardèche court du pont d'Arc vers Ayguèze,
Belle en suivant les flots, belle en les remontant.

Promenant le regard sur cette galerie
Où se peignait au vif la ballade chérie,
La vierge pressentait que la réalité
L'emporterait encor sur le récit chanté.

« Un moment reste avant la journée expirée,
Dit l'hôte. — Isaure, allons au sommet de la tour [1]
Voir coucher le soleil et d'un regard d'amour
Saluer Montmirail et toute la contrée. »

Cette tour était à huit pans
Richement sculptée. A ses flancs
Se greffait une autre tourelle
Mince, arrondie, et par laquelle
La spirale de l'escalier
Atteignait au plus haut palier.

Isaure put revoir dans leur vaste étendue
Les sublimes tableaux qui l'avaient tant émue.
Comme l'aigle qui plane en cercle au haut de l'air,
Son regard, de plus haut portant dans le ciel clair,
Dominait les coteaux et les îles lointaines,
Et le fleuve argenté serpentant dans les plaines.
A cette heure un temps calme, un air plus épuré
Éclairaient tout d'un ton vaguement azuré

[1] La tour de l'ancien hôtel, berceau des Nicolay (de Bercy).

Et préparaient déjà l'indécis crépuscule.
Le soleil s'abaissait derrière un monticule [1],
Comme insensiblement s'affaisse un voyageur
Fatigué par la marche et la lourde chaleur.
Les pics du Dauphiné, les crêtes de Vaucluse
Restèrent colorés sur la brume confuse
Qui bientôt dans la plaine envahit les bas-fonds.
Puis l'ombre s'étendit par tous les horizons.
Montmirail paraissait avec ses dentelures
Ne plus toucher au sol, semblable à ces figures
Que forme et que déforme un nuage mouvant :
On eût dit d'un feston flottant au gré du vent.
Enfin tout s'effaça : le jour vint à s'éteindre,
Et la nuit, cette nuit que nul ne saurait peindre,
Pour la deuxième fois de ses plis ténébreux
Sous l'œil de Dieu couvrit les chastes amoureux.
Or, tandis qu'à l'église et dans les monastères
De la cité montaient les nocturnes prières,
Au milieu du silence, au sommet de la tour,
Vers le ciel tous les deux ils chantaient tour à tour :

ISAURE.

Seigneur, de qui nous tenons l'être,
Seigneur, de qui nous vient l'amour,
En vain nous passons chaque jour
A te chercher, à te connaître.

[1] Le mont de la Jouanade, où l'on faisait les feux de la Saint-Jean.

LE POETE.

Le jour s'envole, vient la nuit :
Jours, nuits sont également sombres.
Des ombres succèdent aux ombres,
Et jamais ta face ne luit.

ELLE.

Quel est donc ce profond mystère
Qui te voile au regard mortel?
Pourquoi ne puis-je de la terre
Te voir dans les splendeurs du ciel?

LUI.

Pour atteindre de l'Empyrée
Les inaccessibles hauteurs,
Il faut à notre âme épurée
Les ailes des célestes chœurs.

ELLE.

Mais, Seigneur, n'est-il pas des heures
Où des entraves du péché
Notre cœur libre, détaché,
Est mûr pour les saintes demeures?

LUI.

Pourquoi dans ces heureux moments
Ne pas cueillir cette fleur pure?
Pourquoi permettre la souillure
Après les grands ravissements?

ELLE.

Pourquoi lorsque tu tiens la preuve
De notre ardent, sincère amour,

Nous replonges-tu dans l'épreuve
Qui peut nous perdre sans retour?

LUI.

Ah! ces formidables problèmes,
Ces questions sur tes bontés,
Ces doutes seraient des blasphèmes,
Si l'amour ne les eût dictés.

ELLE.

Nous sommes jaloux de ta gloire;
Nous voudrions à chaque pas
Triompher en tous nos combats,
Et ne t'offrir que la victoire

TOUS LES DEUX ENSEMBLE.

Seigneur, fixe en nous ta vertu :
Que jamais l'astuce infernale
Ne nous surprenne, et ne prévale
Contre notre cœur abattu.

Après ce chant, entre eux ils voulurent se taire
Et descendre. — La tour redevint solitaire,
Offrant au vent des nuits ses vieux vitraux tremblants,
Au noirs oiseaux l'appui de ses griffons volants,
Aux rayons vacillants d'une lune blafarde
Ses gargouilles à jour, ses créneaux à lézarde,
Au voyageur lointain l'aspect d'un front géant
Qui sur les toits promène un œil vaste et béant.

V

LES ÉVOCATIONS. — LES ADIEUX

Montagnes et forêts, fleuves de la patrie,
Vallons du sol natal, vous l'avez vue un jour,
Vous l'avez vue enfin, ma colombe chérie,
Celle pour qui mon cœur est embrasé d'amour.

Crypte de Tullia, votre noble poussière
A vu courber son front, ce front pur et si doux !
Sépulcre d'Andéol, en extase, en prière
Elle resta longtemps, vous baisant à genoux !

Vous l'avez abritée, ô maison paternelle !
Elle est venue à vous, ô foyer des aïeux !
Parlez-moi d'elle encor : dites-moi qu'elle est belle :
Dites-moi la douceur et l'ardeur de ses yeux.

Mon âme l'appelait pour s'unir à son âme :
Elle m'a répondu. De son pied virginal
Elle a franchi ma porte interdite à la femme,
Comme une fiancée entre au seuil nuptial.

Son voile bleu flottait sur sa rouge mantille :
Longtemps sa main pressée est restée en ma main ;
Elle a rompu le pain du banquet de famille ;
Un souffle tendre et fort faisait battre son sein.

J'ai donc pu respirer ici sa douce haleine :
Son image partout me suit et m'apparaît :
Ses épaules d'ivoire et ses cheveux d'ébène
Semblent frémir encor dans le miroir discret.

Lorsqu'elle fut partie, en sa chambre déserte
J'entrai seul ; je pleurai, couvrant d'un long baiser
La couche blanche et rose encor tiède, entr'ouverte,
Le chevet où sa lèvre avait dû se poser.

Mais le Dieu que je sers, que j'adore avec elle,
Voulut me consoler : mon baiser rencontra
Ce joyau qu'en dormant avait perdu ma belle,
Sa croix ! cher trésor ! nul ne me la ravira.

Je voudrais, pour parler de la vierge que j'aime,
Créer sur cette terre un langage nouveau ;
Je voudrais emprunter aux anges, au ciel même,
Les accents qu'on entonne au delà du tombeau ;

Je voudrais être à l'heure où la matière impure
A subi le creuset de la terrestre mort,
Et peut, sans contracter l'ombre d'une souillure,
Céder aux grands élans d'un amoureux transport.

Donc laissez-moi parler, vierge folle et jalouse,
De la vierge que j'aime et que j'ai pu fêter ;
Laissez-moi l'appeler amie, amante, épouse :
Laissez-moi dans mes vers sans cesse la chanter.

C'était à l'aube matinale
De la fête de Saint-Michel.
La bise, d'un coup de rafale,
Avait purifié le ciel.

Levez-vous, ô ma bien-aimée !
Déjà la nuit est consommée ;
La pleine lune à l'occident
Incline son disque d'argent ;

La sombre crête des Alpines
Découpe le clair horizon,
Et l'aurore sur nos collines
Promène son rouge tison.

Levez-vous donc, ma jouvencelle,
D'abord prions à la chapelle ;
Puis d'un trait, à cheval ! — Partons :
Suivons, sur les pentes du Rhône,
La blanche route qui sillonne
Les coteaux, les bois, les vallons.

A gauche, à notre âme charmée
Se dessineront en détail,

Sur un fond de frange enflammée,
Les Dentelles de Montmirail;

A droite, l'Ardèche limpide
Ralentira son cours rapide,
Pour nous offrir sous les halliers
Ses barques et ses gondoliers.

Ils partirent. L'amant escortait son hôtesse.
Ensemble ils chevauchaient, devisant en chemin;
Ou soudain ils luttaient d'amour et de vitesse,
Se cueillant l'un à l'autre un baiser sur la main.

Mais déjà le soleil rayonne
Ses premiers feux éblouissants.
Sur la grève, ô mon amazone,
Quittons nos coursiers frémissants.

Nous voilà dans l'esquif, sur l'onde transparente
Nous nous berçons, le cœur incliné vers le cœur.
Respirons les parfums de la brise odorante;
Loin des regards humains savourons le bonheur!

Rochers nus et déserts, sauvage solitude;
Silence que jamais n'interrompt un seul cri :
Nous venons parmi vous chercher la quiétude;
Sites mystérieux, ouvrez-nous un abri!

Et vous, échos plaintifs qu'éveille une cascade,
Un frôlement de feuille, un souffle de zéphyr,
Pour ma belle je vais compléter ma ballade,
Transmettez-en les vers aux siècles à venir :

Je n'ai pas dit le nom de la princesse
Qu'un roi de France aimait dans sa jeunesse :
Je l'ai voulu réserver pour ce jour.
Ce nom rappelle
Un cœur fidèle :
Vierna! nom tout embrasé d'amour!

Vierna! nom qu'à jamais d'âge en âge
Célébreront les échos du rivage :
Nom que le peuple exalte dans ses chants!
Nom légendaire,
Qu'un doux mystère
Revêt encor de souvenirs touchants!

Tous les cent ans le Roi vient voir sa belle.
Il passe un jour, un seul jour, avec elle,
Jour d'amour pur, d'ineffable bonheur!
Dès qu'il s'avance,
Un chœur immense
L'acclame et forme un cortége d'honneur.

Le vieux passé s'éveille, se ranime;
Le noir castel se fait neuf[1]. Sur sa cime
Brille un essaim de gardes vigilants :
 Leurs rangs s'y pressent,
 Leurs dards s'y dressent,
Pour éloigner les rôdeurs insolents.

Une gondole aux bandes pavoisées,
Aux voiles d'or flottant fleurdelysées,
Près de la plage attend le palefroi
 Qui dès l'aurore,
 Comme un centaure,
Doit amener la jouvencelle au Roi.

Elle paraît : le blanc coursier s'efface;
Mais de la barque il ne perd point la trace,
Et par les bois, par les monts il la suit :
 Rien ne l'arrête;
 Gouffres, tempête,
Il franchit tout et de jour et de nuit.

Heureux amants! Les voilà donc ensemble :
Le Roi rougit : la jeune fille tremble,
Car tous les deux ont repris, en ce jour,
 Cette jeunesse,
 Cette tendresse
De l'âge simple où commence l'amour.

[1] Le castel ruiné de dona Vierna.

Ils vont ainsi visitant leur royaume,
Grottes, rochers, castels, huttes de chaume,
Des bords d'Ibie aux gués de Borrian [1]
Leur bienfaisance
Répand l'aisance,
Calme, secourt, console en souriant.

Pour célébrer leur mystique hyménée,
Un grand festin partage la journée.
Les prés de Gôou invitent à s'asseoir [2] :
Aimable, active,
A tout convive
Vierna sert la liqueur du pressoir.

On boit au Roi. Des voisines bourgades
Les pastoureaux commencent leurs aubades :
Fifres, hautbois retentissent dans l'air ;
On chante, on danse ;
Mais l'innocence
Peut, sans rougir, se mêler au concert.

Puis on reprend le cours de la rivière.
La nef royale avance la première :
Les cris, les jeux, à la nage, au mousquet,
Course nautique,

[1] L'Ibie, affluent de l'Ardèche, et Borrian, hameau au bas d'Ayguèze, marquent les deux points extrêmes du cours naviguable de l'Ardèche qu'on descend en une journée.

[2] Gôou, localité gazonnée sur la rive gauche.

Joute à l'antique,
Sont de la fête un égayant bouquet.

Soudain en face on voit la Madeleine [1] :
Là sont parqués, pour vivre en quarantaine,
Les Templiers malandres et lépreux.
De cette roche
Oncques n'approche,
De par le Roi, hors le couple amoureux.

Ensemble ils vont gravissant la presqu'île
Contempler Dieu captif en cet asile.
Ensemble ils vont, panser même à genoux,
L'horrible plaie
Qui nous effraie,
Mais où la foi voit le divin Époux.

En descendant au rocher de la Lève [2],
Leur seule nef les attend, les enlève
Et les transporte en hâte à Castel-Viel [3],
Car l'heure presse ;
Le soleil baisse,
Lorsqu'on arrive aux grottes Saint-Marcel [4].

« Eh quoi ! déjà le jour nous abandonne ? »
Dit Vierna. — « L'ombre nous environne?

[1] La Léproserie et sa chapelle, ruinées.
[2] Rocher où l'on s'embarque au bas de la Madeleine.
[3] Ruines sur la rive opposée à celle du castel de dona Vierna.
Les plus vastes et les plus belles grottes à stalactites.

« Répond le Roi, déjà le triste soir !
« Sur vous, ma belle,
« La nuit cruelle,
« La nuit jalouse étend son crêpe noir ! »

— « Mais notre nef me dépose au rivage,
« Dit Vierna. J'aperçois sur la plage
« Mon cheval blanc. — Il m'entraîne, ô mon Roi ! »
— « O ma Reine ! »
Répond à peine
Un cri. — Puis rien. — « Cent ans ! » mugit la Loi.

« Cent ans », redit plaintivement la grotte :
« Cent ans », répète une voix qui sanglote
Du val Louby[1] jusques à Champvermeil :
« Cent ans », murmure
La nuit obscure :
« Cent ans », huait la chouette en éveil.

Cent ans, c'est long ! Mais ce grand centenaire,
On s'en souvient toujours : de père en père,
Bergers, pêcheurs, le racontent entre eux :
Dans la veillée,
Quand la feuillée
Petille, on dit ce jour de rêve heureux.

[1] Vallée sauvage et abrupte par où s'écoulent dans l'Ardèche les eaux du vaste plateau de Champvermeil.

Pour honorer leur mémoire chérie,
Le passant monte à la léproserie
Dont la citerne abrite un chevrier [1].
Cette chapelle,
Dit-on, est celle
Où Vierna vient encore prier.

O souvenirs des choses séculaires !
Reflets d'un temps entouré de mystères !
Contes naïfs, vieux chants du Vivarais !
Rondes aimables,
Légendes, fables,
Tout le passé se cache sous vos traits !

Le poëte chantait. Au loin sur la rivière
Mille voix répétaient ses chants harmonieux ;
Son récit captivait la jeune batelière ;
Une larme d'amour scintillait dans leurs yeux.

La nature semblait tout entière attentive.
C'est elle [2], disait l'onde à l'aride rocher ;
C'est elle, murmurait l'ajonc sur chaque rive ;
C'est elle assurément, mais quel est le nocher ?

[1] Le chevrier Niscou, célèbre par sa vie de troglodyte.
[2] La nature prend Isaure pour Vierna.

Et lorsque l'aviron eut conduit la nacelle
Au pied de la falaise où sont amoncelés
Les grisâtres débris d'une antique tourelle [1],
On entendit l'écho dire à cris redoublés :

Salut à Vierna, qui sort de sa retraite,
Du manoir où, la nuit, elle vient s'abriter !
Salut à son amant, Roi, nocher et poëte,
Qui vient tous les cent ans un jour la visiter !

Et du grain de poussière au dolmen millénaire,
De l'antre de l'orfraie à l'aire de l'aiglon,
De l'yeuse celtique au brin d'herbe éphémère,
De l'abîme liquide aux grottes du vallon,

Tout chantait Vierna, son prince, leur jeunesse.
Tout célébrait l'amour du couple virginal.
Vers le déclin du jour, la nuit même en liesse
Continuait le chant de l'hymne triomphal.

Lorsque le soir sema sa lueur incertaine,
On vit de la nacelle, errante au gré des eaux,
Deux ombres [2] s'envoler, et vers la Madeleine
Gravir l'étroit sentier tracé par les troupeaux.

[1] Le castel de Dᵉ Vierna.
[2] Isaure et le poëte.

La chapelle soudain surgit de ses ruines ;
Comme au temps des croisés elle s'illumina.
Parmi les chants guerriers et les hymnes divines,
On distinguait un nom, celui de Vierna.

Un pontife à l'autel célébrait le mystère.
Des preux, la dague au poing, le corps bardé de fer,
Défilaient, s'inclinant devant le sanctuaire
Et redisant le nom de l'immense concert.

A son tour apparut l'heureux couple[1] : « Je jure,
« Dit chaque amant, je jure une chaste union. »
Le prêtre contemplant leur conscience pure :
« Chers enfants, leur dit-il, trêve à l'illusion !

« Le Dieu des chastes cœurs, le Dieu de l'innocence
« A vu vos saints désirs et vos projets pieux :
« Il a vu votre amour. Votre inexpérience
« Pour un jour a trouvé grâce devant ses yeux.

« Pour un jour, un seul jour ! Car, tant que sur la terre
« Vos sens n'ont pas subi le creuset de la mort,
« Le feu des passions couve dans son cratère,
« Et le volcan éclate alors qu'on croit qu'il dort.

« Puisque vous choisissez l'union virginale,
« Il la faut accomplir. Or sachez qu'un tel vœu

[1] Isaure et le poëte.

« Perd sa fleur au contact du plus léger scandale ;
« Des moindres libertés il interdit le jeu.

« La prière, ce grand pouvoir de la faiblesse,
« Contre tous les assauts ne peut vous rassurer.
« Il faut prendre un parti de suprême sagesse :
« Sans briser votre amour, il faut vous séparer. »

— « Il faut nous séparer ! » dit la plaintive Isaure.
— « Il faut nous séparer ! » dit le plaintif amant.
Et ce cri continue. On peut l'entendre encore,
La nuit, quand le vent gronde en sourd gémissement.

Et lorsque à l'aube matinière
Du lendemain de Saint-Michel,
Le pêcheur, remontant le cours de la rivière,
Vint tendre ses filets au pied du noir castel [1] ;

Et lorsque à l'aube matinière
Du lendemain de Saint-Michel,
Le chasseur vint s'asseoir à l'ombre du vieux lierre
Dont les rameaux touffus couvrent le vieil autel [2],

Nul du couple amoureux ne rencontra la trace,
Nul ne comprit le vent qui soufflait à voix basse :

[1] Les ruines du castel de De Vierna.
[2] Les ruines de la Madeleine.

« Était-ce Vierna, cette vierge d'hier?
« Était-ce bien le Roi, ce poëte à l'œil fier ? »

Non, non, ce n'étaient point le Roi ni la Princesse ;
C'étaient d'autres amants que leur foi, leur jeunesse
Evaient rendus en tout semblables aux premiers.
Voir ces âpres déserts, ces rivages altiers,
Ce fleuve cévénol si fertile en légendes ;
Parcourir ces forêts, ces falaises, ces landes,
Ces cavernes témoins de siècles inconnus ;
Contempler ces chaos de rocs informes, nus,
Dressant jusques au ciel leur tête fantastique ;
Saluer une croix sur un bloc druidique ;
Visiter les débris d'un manoir féodal,
Une église écroulée, un vieux porche claustral ;
— Et devant ces aspects d'une nature immense
N'être que deux, s'aimer et prier en silence,
Voilà ce que cherchait leur cœur tranquille et pur.
Oh ! que la solitude, oh ! qu'un asile obscur,
Avec Dieu qu'on adore, avec l'être qu'on aime,
Sont ici-bas la joie et le bonheur suprême !
Ce terrestre bonheur, l'enfant de Montmiral
Près de son cher poëte en goûtait l'idéal.

Mais cette vision d'un passé séculaire,
D'un monde anéanti secouant le suaire

Et trouvant en Isaure une autre Vierna ;
Ces mystères sacrés qu'au chant de l'*Hosanna*
Célébraient ces héros des antiques croisades ;
Cet hymne triomphal, ces graves sérénades
Dont tous les éléments de la terre et du ciel
Escortaient les époux jusqu'au divin autel ;
Ce pontife témoin d'une union mystique ;
Tous ces signes divers, dans leur sens symbolique,
Élevaient la pensée et les attraits du cœur
Au-dessus d'un vulgaire et passager bonheur.
Au plus fort de l'amour de ces deux âmes pures
Dieu voulait affirmer sur toutes créatures
Son droit et sa bonté, ressuscitant pour eux
Les pauvres, les souffrants, les chevaliers lépreux,
Que Vierna soignait en sa course mortelle,
Et montrant quelle gloire attend l'âme fidèle,
L'âme chaste, vaillante, au généreux élan,
Qui sans compter se donne et meurt en s'immolant.
Même sur cette terre elle laisse une trace
Dont l'éclat resplendit alors que tout s'efface ;
Même sur cette terre elle creuse un sillon
Qui reste, quand tout cède au fatal tourbillon.
Parfois l'humanité tout entière la chante ;
Parfois sur un seul point son histoire touchante
Se transmet d'âge en âge ; et quelque voyageur
La découvre et lui dresse un monument vengeur.
Les siècles sont toujours dans ces sublimes causes
Des juges sans appel ; et les apothéoses

Que l'on décerne aux morts n'échappent à l'oubli
Que lorsque par le temps leur nom est anobli.
Le vrai bien ne meurt pas : s'il semble disparaître,
Il laisse enraciné le germe de son être.
Ce germe aura son heure ; indestructible grain,
Il lèvera, fécond : c'est le germe divin.

Les ans passent. Où sont l'amante et son amant?
Ils dorment tous les deux de leur sommeil suprême.
Ils vécurent, depuis, dans un éloignement
Qui ne leur permit plus de se dire : « Je t'aime. »

Elle, multipliant ses dons et ses bienfaits,
Mourut comme une sainte ayant pu vivre en reine.
Lui, chantant le Seigneur dans le calme et la paix,
Pauvre ermite expira près de la Madeleine.

Parfois, elle montait aux dents de Montmiral ;
Parfois, lui gravissait son rocher colossal ;
Et, par-dessus les monts des deux rives du Rhône,
Le poëte disait à l'ancienne amazone :

« Salut à Montmirail, immaculé séjour !
« Tout est fini, ma bien-aimée ;
« La vie est souvent d'un seul jour ;
« Mon âme en était affamée :

« Je l'ai rencontré, ce beau jour,
« Mais sur terre il est sans retour.
« Au ciel nous goûterons sans trouble notre amour ! »

Et l'ancienne amazone au poëte à son tour :

« Salut, monts Cévénols ! Salut, cher troubadour !
« C'est là le don des grandes âmes,
« C'est le secret des nobles cœurs,
« Ils brûlent de célestes flammes.
« Les passions et les fureurs
« De l'homme égoïste et vulgaire
« Viennent en frémissant expirer au Calvaire ! »

Puis tous les deux chantaient en un commun accord :
« Dégagés de nos sens par un sublime effort,
« Ensemble nous passons du Calvaire au Thabor ! »

Le sépulcre d'Isaure est sur cette colline
Que surmonte un vieux pan de la tour sarrazine,
Et d'où l'œil voit au loin les pics du Vivarais [1].
La tombe du poëte est dans l'autre ruine,
Dans cette église ouverte au vent, à la bruine,
Sur l'Ardèche témoin de leurs serments discrets [2].

Et lorsque vient l'été, lorsqu'on voit avec peine,
Pendant les foulaisons, les chevaux prendre haleine ;

[1] A Montmirail (Vaucluse).
[2] A la Madeleine (Ardèche).

Dans les brûlantes nuits, si tout à coup l'on sent
Se lever un zéphyr doux et rafraîchissant ;
Si l'on entend gémir les grands arbres des îles ;
Si la brise, ébranlant les feuillages mobiles,
Murmure, parle, prend les tons de plusieurs voix,
Les moissonneurs à l'aire et les pâtres au bois
Se disent attentifs : « Ce langage sonore,
« C'est celui du poëte à son amante Isaure.
« Ils vont passer le Rhône. Ils se font tour à tour
« Leur visite d'hymen et d'immortel amour. »

Par delà les plaines d'Orange,
Par delà l'Ouvèze au flot pur,
On voit une montagne étrange
Dressant dans le céleste azur
Ses pics crénelés comme un mur.
C'est Montmirail, pays d'Isaure,
Séjour chéri du rossignol ;
Allez le voir. Et puis encore
Vous irez à Saint-Andéol,
Bourg du poëte cévénol.

PARIS. TYPOGRAPHIE DE E. PLON ET Cie, RUE GARANCIÈRE, 8.

PARIS
TYPOGRAPHIE DE E. PLON ET Cie
Rue Garancière, 8

PARIS

TYPOGRAPHIE DE E. PLON ET Cie

Rue Garancière, 8

www.ingramcontent.com/pod-product-compliance
Ingram Content Group UK Ltd.
Pitfield, Milton Keynes, MK11 3LW, UK
UKHW020409230726
13925UKWH00003B/1321